图书在版编目（CIP）数据

薛涛诗全编 / (唐) 薛涛撰 ; 周啸天编. — 成都 : 四川人民出版社, 2023.6
ISBN 978-7-220-13290-2

Ⅰ. ①薛… Ⅱ. ①薛… ②周… Ⅲ. ①唐诗－诗集 Ⅳ. ①I222.742

中国国家版本馆CIP数据核字(2023)第101545号

XUETAO SHI QUANBIAN

薛涛诗全编

［唐］薛涛 撰 周啸天 编

出 版 人	黄立新
策划统筹	石 龙
责任编辑	邹 近 石 龙
书籍设计	许天琪
责任校对	舒晓利 申婷婷
责任印制	周 奇
出版发行	四川人民出版社（成都三色路238号）
网 址	http://www.scpph.com
E-mail	scrmcbs@sina.com
新浪微博	@四川人民出版社
微信公众号	四川人民出版社
发行部业务电话	(028) 86361653 86361656
防盗版举报电话	(028) 86361653
印 刷	深圳市国际彩印有限公司
成品尺寸	118mm×180mm
印 张	2.5
字 数	22.6千
版 次	2023年6月第1版
印 次	2023年6月第1次印刷
书 号	ISBN 978-7-220-13290-2
定 价	298.00元

这是一篇关于薛涛的故事新编。书中薛涛，人是真的，诗是真的，与西川十一镇节度使的交往是真的，以女校书知名于世是真的，与元稹等二十位唐代大诗人相唱和是真的，开发十色笺文创产品也是真的，在中国文化史上的影响昭昭在人耳目。本故事是在参证史料，做出合乎情理的想象的基础上创作而成，特此说明。

中国历代女作家中，最大的人生赢家，非薛涛莫属。

蔡文姬以《悲愤诗》《胡笳十八拍》在中国诗史上享有崇高声誉，但是她没有占到一个城市的口岸，至今民间只知道一个『文姬归汉』的故事。比蔡文姬更负盛名的李清照，占住了一个城市口岸，在泉城济南历下区趵突泉公园，室名『漱玉』，也算是人生的一大赢家。但李清照的后半生，用她自己的话说：『怎一个「愁」字了得。』

薛涛呢，所占城市口岸在成都——左思《三都赋》谓之『既崇且丽』的成都，而且笑到了最后。

成都是三国的蜀都。唐时，杜甫早

二

薛涛约二十年到来，这里已是一个音乐之都，大诗人写道：『喧然名都会，吹箫间笙簧。』（《成都府》）『此曲只应天上有，人间能得几回闻。』（《赠花卿》）

成都两条内河（郫江与流江）交汇之处有合江亭，是薛涛第一个府主韦皋修建的。与合江亭隔水相望、紧相依傍着四川大学的望江楼，如今是国内竹类品种最齐全的竹文化公园，也是成都人休闲娱乐的好去处。薛涛井即在这里。1986年2月5日，邓小平同志携家人游园，来到井边，说：『这个公园之所以有名气，也恐怕沾了薛涛的光呢。』

园中一副脍炙人口的楹联写道：

古井冷斜阳，问几树枇杷，何处是校书门巷。

大江横曲槛，占一楼烟月，要平分工部草堂。

薛涛在世的时候，她在成都的名气，一度比杜甫还大；她的拥趸、崇拜者，比杜甫还多。她经事十一镇，府公为韦皋、袁滋（未之任）、刘辟、高崇文、武元衡、李夷简、王播、段文昌、杜元颖、郭钊、李德裕等，鲜有不与之

唱和者。

双江川流不息、玉垒一直站在原地。薛涛于各镇治绩得失，了如指掌；对前人治蜀筹边故事，亦耳熟能详。韦皋镇蜀二十一年，后继任者多出其幕下，悉为薛涛之故旧。故后来镇蜀者，无不向其咨询求教，如活字典然。薛涛亦知无不言，言必可采，故名重一时。

于是，成都府为薛涛献上了一顶桂冠，千古以来传为佳话。上下五千多年，获得官位职称的女性寥寥可数。杨慎《丹铅总录》卷二十一道：『女侍中，魏元义妻也；女学士，孔贵嫔也；女校书，唐薛涛也；女进士，宋女娘林妙玉也；女状元，王蜀黄崇嘏也。』于唐代只提到薛涛一人，『女校书』因此成了薛涛的专称或代称。

这件轰动一时且流传千古的佳话，与薛涛事奉的第五位府主武元衡有关。武元衡，河南缑氏（今河南省洛阳市偃师区）人，是武则天的从曾孙，殿中侍御史武就之子。父祖经历武周时代，俱为皇亲国戚，武家人对女性特别尊重。仗着门荫，武元衡在宪宗元和二年

（807），被任命为门下侍郎、同平章事，时称相国；同时又兼成都尹、剑南西川节度使，事实上是外派成都为官。

这件事意味深长。那时由秦入蜀道路的艰辛，李白《蜀道难》以『蜀道之难，难于上青天』概括之，一篇之中，三复斯言。武元衡当时是亲身领教了，在经过剑门蜀道时，写下一首诗抒发心中的感喟，这便是《题嘉陵驿》：

悠悠风旆绕山川，山驿空蒙雨似烟。
路半嘉陵头已白，蜀门西更上青天。

这首诗沿袭了『蜀道难』主题，备言一路的辛苦，调苦声酸，情绪不高。到达成都府后，大会幕僚时，武元衡出示了这首诗。诗中的情绪感染了所有的人，令他们面面相觑，不知道如何安慰这位新来的主公。众多的幕僚中有一位裙衩，仪态万方，正是万绿丛中的一点红了，当众幕僚足将进而趑趄，口将言而嗫嚅之际，她挺身而出，出来救场，口占了一绝，题为《续嘉陵驿诗献武相国》：

蜀门西更上青天，强为公歌蜀国弦。
卓氏长卿称士女，锦江玉垒献山川。

这首诗直接用武元衡诗的末句来作首句，举重若轻，甚是省劲。接下来自然是『强为公歌蜀国弦』，也就是要武元衡洗耳恭听了。三、四句是诗的亮点所在，对蜀中之人杰地灵大加赞美，谓『人杰』则有司马相如与卓文君这一对才子佳人，『地灵』则有以锦江和玉垒山为代表的山川形胜。言下之意：镇蜀者可以在蜀地山川人文中找到乐趣，且与有荣焉。明人钟惺点赞这首诗道：『如此评骘，评者（薛涛）受者（武元衡）、俱不愧矣。』（《名媛诗归》）

武元衡眼前一亮，心情大为畅悦，知道这位才思敏捷的女子，一定是名声在外的薛涛了，遂起身把酒，敬与薛涛。众幕僚纷纷效仿。与新府主相见的第一面，薛涛已占尽风光。从那一天起，武元衡就决定做一件事，向朝廷奏授薛涛为『女校书』。虽然唐代方镇的幕府，是可以自行其是，不必知会朝廷。但武相国还是决定郑重上报，今上若表示知道了，意义就完全不同。

做了上报这件事，武相国又心血来潮，决定在成都办一次诗词大会，形成

全国诗人大合唱，主题就是『万里桥边女校书』。为尽快征集到作品，便以薛涛的名义做成邀请函，用最快的速度，送达当时那些号称『河岳英灵』的唐才子手里，于是齐声赞和，如响而应。当时著名诗人如元稹、白居易、刘禹锡、牛僧孺、令狐楚、裴度、王建、张籍、杜牧、雍陶、张祜、严绶、吴武陵等，都参与了这次大合唱，莫不称赞薛涛的诗作才华。经过几轮评选裁断，榜单名次很快揭晓。接下来盛大的演唱会，由天府乐坊承办，同时重金请来了骠国（今缅甸）的歌舞团到成都助兴。

演唱会日子临近，成都士女大和会，聚至数万。号称『震旦第一丛林』的大慈寺对面的广场，南向设置层榻，请来长安和成都本地最著名的歌手。于是里胥告于贼曹，贼曹上报府尹。四方之士，尽赴趋焉，巷无居人。由女子乐队伴奏，乐伎伴舞，来自长安的歌唱家领唱，伴以合唱队，演唱了薛涛校书作词的《续嘉陵驿诗献武相国》。

接着，由成都本地歌唱家，演唱当时诗坛最负盛名的三大诗人之作，按节

目单，依次为元稹《寄赠薛涛》：

锦江滑腻峨眉秀，幻出文君与薛涛。
言语巧偷鹦鹉舌，文章分得凤凰毛。
纷纷词客皆停笔，个个公侯欲梦刀。
别后相思隔烟水，菖蒲花发五云高。

白居易《赠薛涛》：

峨眉山势接云霓，欲逐刘郎北路迷。
若似剡中容易到，春风犹隔武陵溪。

王建《寄蜀中薛涛校书》：

万里桥边女校书，枇杷花里闭门居。
扫眉才子知多少，管领春风总不如。

这三首诗中，公推王建《寄蜀中薛涛校书》为第一。王建，字仲初，颍州（今河南许昌）人，是元、白为首的新乐府运动的重要诗人，所作名篇甚多，重头作品是《宫词一百首》；又与张籍齐名，时称『张王乐府』。

这首诗的三、四句，赞美薛涛的才华。王建发明『扫眉才子』一词，指女才子，这是诗化的、有魅力的语言。第三句说『知多少』，第四句就说『总不如』，这叫一呼一吸、宫商自谐。『总不如』是唯一，也是第一。王建又发明了一个新词，曰『管领春风』，谁能管领

春风？司春女神。这里又是以『春风』借代文艺，『管领春风』指司文艺之神、诗神，也可以指文艺界领军人物。『总不如』三字之妙，是因为限额只有一个，女校书只有一个，所以其他『扫眉才子』如唐之鱼玄机、李冶、杜秋娘、刘采春等，地位就不如了。蔡文姬是汉代的，李清照还没出生，不可比。在唐诗中，用『总不如』造句作韵尾，杜牧有『卷上珠帘总不如』，一样脍炙人口，但原创者是王建。

第二名是元稹的《寄赠薛涛》。

此诗紧扣薛涛献武相国诗，第一句夸蜀中的山水，形容锦江为什么称『滑腻』呢，因为成都又称锦官城，汉代以来就是织锦业发达的地方；锦江又称濯锦江，刘禹锡诗云：『女郎剪下鸳鸯锦，将向中流定晚霞』。诗人称『锦江滑腻』，是形容它就像一条锦缎，是赞美的意思。『峨眉秀』，出自（或成就了）俗语『峨眉天下秀』。第二句是夸薛涛，薛涛诗不是说『卓氏长卿称士女』么，诗人就把她与文君并列，等于说薛涛就是当代文君了。这就说到薛涛心里去了。

颔联两句，形容薛涛善于应对，并且文采斐然。颈联进而写她的影响，『纷纷词客皆停笔』是说她的文采，『纷纷词客』难以企及。『个个公侯欲梦刀』，这句厉害了，是说到成都做官，都是冲着薛涛来的。『梦刀』的典故出自《晋书·王濬传》，话说王濬夜梦三刀，须臾又益一刀，醒来心中忐忑，主簿李毅解析道，三刀为州字（篆书），又益一刀，可能明府要升迁为益州刺史。果然应验。这两句回应了薛涛赠武相国诗意，蜀中有山川人文之美，到成都做官是一桩美差。同时，『个个公侯欲梦刀』也是元稹的夫子自道。

总之，授请薛涛女校书引起的轰动，是她一生的高光时刻，奠定了其千秋的声名。同时代著名诗人皆与之隔空唱和。薛涛还获得了一项实际的待遇，即在家待召，不复坐班。

从本质上讲，每个历史人物都会成为传说，或者说本传中会渗入传说的成分。而史传作者，就是传说的人。不仅神话是传说，历史也是一种传说，因为史家对于事实，不但有选择性遗忘，也

会有不同程度的增加。闲话少说，言归正传。现在回过头来，说说薛涛小的时候。

薛涛的父亲薛郧，最初供职于长安，官居广文先生。这个学官职位，原是唐明皇为郑虔设置的。广文馆的学生，都是贵族子弟。至于广文先生的待遇，实在不敢恭维。杜甫诗曰：『诸公衮衮登台省，广文先生官独冷。甲第纷纷厌粱肉，广文先生饭不足。』（《醉时歌》）

薛涛出生那天，渭河涨水百年不遇，泾渭特别分明。薛郧给女儿起名为涛，表字洪度。希望女儿逢凶化吉，一生幸福。

薛郧在广文馆里带的一批学生，出身之好，天分并不特别高。有几个顽皮生，竟没有一课背得的。那时薛涛三岁，听父亲一遍一遍教那几个学生，别人记不住，她捡都捡会了。虽然并不认得那些字，却像听歌一样，歌词不记自熟。

有友从成都来，说起成都府学待遇比广文馆强得不是一点点，愿为作筏。于是薛郧打定主意，携家带口，沿着唐明皇西巡的道路，夜住晓行，来到成都。

成都府学在文翁石室附近，薛郧进府学担任经学博士，发现成都的生源比长安强多了。

代宗大历十二年（777）夏天，薛涛八岁。一天，与父亲及二名助教在院坝乘凉。一阵凉风吹过，吹得梧桐叶沙沙地响，薛郧一时兴起，念出两句：『庭除一古桐，耸干入云中。』便打住，丢下一句话道：『你们接着。』别人还没反应，薛涛已经作下两句：

枝迎南北鸟，叶送往来风。

两个助教一齐拍手。一个说：『太好了，人事有代谢，往来成古今；人生一世，不过送往迎来罢了。』另一个则打趣道：『小姐将来一定到礼宾司工作。』说得薛郧哈哈大笑，『那好那好，就怕老夫等不到那一天。』说罢，怃然良久。

薛涛十二三岁时，其父去世。失怙之后，其母孀居，生计无着。府学中人顾念旧情，又因薛涛博闻强记，不但工诗，且擅长书法，行书妙处，颇得卫夫人遗韵，推荐其担任助教工作，于是她在府学留用，半工半读，有些收入。光

阴荏苒，及笄之年，因长相姣好，气质出众，在长辈的推举下，又得到一桩美差，入了成都府幕，从事文秘工作。

安禄山播乱九州以来，藩镇割据渐成气候。号称『一夫当关，万夫莫开』的剑南道，更成了『独立王国』，府主位高权重，准万乘之尊。现任韦皋大人，功劳很大，人亦霸蛮。他与薛涛的第一次近距离接触，是在酒宴之间。酒过数巡，韦大人起身更衣，却令薛涛入侍。小姑娘面对这个酒气熏天、满身浊臭的府公，慌了神，脑筋急转弯，迸出一句败兴的话来。这句话让韦大人兜头着了一瓢冷水。宴会上一时间阴云密布，却半天打不出一个雷来。

第二天薛涛便入了乐籍。关于这件触霉头的事，薛涛一辈子不对人提起。薛涛对好友说，她那时只暗暗高兴，原来是从轻发落。天下小姑娘，没有一个不想学歌舞的，只是没有那个机会罢了，这回是得来全不费工夫。在唐代，乐舞艺人，在皇室宫廷中称宫伎，军中称营伎，地方官署中称官伎，官吏富豪家中称家伎。他们都属乐籍，归教坊司管理。

成都教坊的老师，教琵琶的不是穆善才的后人，便是曹善才的学生，讲乐理的是万宝常的弟子，教舞蹈的是公孙大娘的再传弟子，教男高音的竟是李龟年的亲孙子，都是随父祖辈因安史之乱陪着唐明皇跑到成都的。吹拉弹唱，本非良家女子的本等，一朝入了乐籍，全都顺理成章。她于是刻苦努力，机会来之不易，在同行中成了出类拔萃的佼佼者。

第二年，韦皋听说薛小女子恁么快活，便令她重回幕府，那时南越送来孔雀，便令薛涛饲养，兼作接待，不复侍宴矣。在薛涛的张罗下，幕府后院开辟了池沼、假山，供孔雀栖息。幕府有位校书叫作段文昌的，喜欢来看孔雀。趁机出示诗文，要薛涛提提意见。每当文昌凑太近时，她便指指头顶的天，使他知趣地后退。薛涛喜欢有这样知书识礼的朋友，便作诗（《赠段校书》）夸他：

公子翩翩说校书，玉弓金勒紫绡裾。
玄成莫便骄名誉，文采风流定不如。

诗中玄成，指西汉宣帝时丞相韦贤之少子，此人好学，善接人待物，薛涛用比文昌。文昌将诗笺裹在卷子里，有

空打开来瞧一眼偷着乐。

薛涛做了接待，从无闪失。但她与文昌私密接触，却没有不透风的墙。当时蜀为大镇，韦皋屡立边功，位高权重，各路来使，争欲巴结之。薛涛轮值之日，接到了一单礼品，请求转达。如何处置，厅壁之上，查无明文规定。薛涛不便擅处，便将所得金帛原样上交。谁知晴空里一个霹雳，这事被定性为『传贿』。第二天处分下来，重操艺业，罚赴松州劳军。

薛涛对好友说，从来知道受贿有罪，行贿有罪，没听说『传贿』是个罪的。老天做局，合当有事。前一回医我，把我医笑了；这回医我，真把我医哭了。边境太不平静，时有烟尘发生。赴松州这一路行程，又是沟沟坎坎，终生难忘。每临绝壑，我就巴不得眼前有一座桥；每临大山，我就巴不得眼前有一个隧洞。直线距离两三天可以到达目的地，路上硬是折腾了十天半月，其中艰辛，不能备叙。忘不了绝壁上狭窄的栈道，忘不了突如其来的泥石流造成的绕道而行，忘不了悬岩上的坠石，有道是

『千年的石头等冤家』，提心吊胆，一路憋到松州，才手拍胸口，念出一声佛来。

好友问及劳军，薛涛说，也就是巡回演出，翻唱成都唱过的歌曲，如刘采春的《啰唝曲》之类，没想到反应竟那么热烈，全场眼睛炯炯闪亮，唱到『朝朝江口望，错认几人船』等处，能引起雷鸣般的掌声，教人越唱越不累，越唱越想唱，唱到天亮都可以。只觉得台下都是我的亲人，最可爱的人。能给他们带去一点欢乐，赴边一行也不枉了。和士兵比较起来，那一路的艰辛算得了什么呢。有《罚赴边有怀上韦相公》诗二首，其一云：

闻道边城苦，而今到始知。
羞将门下曲，唱与陇头儿。

薛涛在松州巡演结束，一时无事。松州行军参谋给她支招道：『你知道韦相公的软肋么？』薛涛答不出来。参谋就教她如此如此，这般这般。《十离诗》原本是一时游戏之作，写来好玩的。参谋说这个正好派上用场，只需誊写一遍，我来替你张罗。薛涛照他的指点做了，参谋即着人传到成都。于是薛涛很快被

召回，并正式脱离乐籍。

薛涛回成都后，回看赴松州之行，感到实在是人生的一段宝贵经历和财富。从此爱上了游观，每逢假日，便喜出游，于是段文昌就陪她去了一趟邛崃。薛涛之于文君，是『友其人于千载』。卓文君对薛涛在精神最大的启迪，莫过于放飞自己。文君新寡，遇到父亲客人的朋友，竟能一见倾心，当夜私奔。对她的这个勇气，薛涛相当佩服，心想换了我恐怕不行。其次，佩服她当垆卖酒，相如涤器，做起了餐饮生意，也是一段佳话。这口文君井，据说就是小两口当年取水酿酒的井。薛涛心想，我将来要有这样一口井，也不枉自做一回女人。

若将薛涛比了文君，谁又是当代的司马相如呢？薛涛心中早有答案，此人比段文昌不知高出几倍。近来坊间流行一句话『诗到元和体变新』，后来演变成『开谈不说元和体，读尽诗书是枉然』。爱诗的人，言必称元稹、白居易。《连昌宫词》凡六百三十字，读者不厌其长；《行宫》才二十字，读者不觉其短，文章之妙也。《会真记》更了

不得，如遇出世之才，予以改编，搬上舞台，必为戏剧大师。武元衡镇蜀期间，以举办诗词大会之故，薛涛与元稹曾有书信往还，只是未尝谋面。

有道是心想事成，又道是千里姻缘一线牵，元和四年（809）二月，元稹由右拾遗擢升监察御史，出使东川（治梓州，今四川省三台县）。三月，充剑南东川详覆使，详覆泸州监官任敬仲赃犯，又弹奏故剑南东川节度使严砺等贪赃枉法一案。时严砺已死，无对证，案件牵连七州刺史，兼之严氏是当地世家，势力颇大，案件陷入胶着状态。这时严氏家族一位显宦，名叫严绶，专程回乡拜会元稹，绝口不提严砺一案，专谈薛涛，愿为撮合。有诗（元稹《西州院》）为证：

自入西州院，唯见东川城。
今夜城头月，非暗又非明。
文案床席满，卷舒赃罪名。
惨凄且烦倦，弃之阶下行。
怅望天回转，动摇万里情。
参辰次第出，牛女颠倒倾。
况此风中柳，枝条千万茎。

到来篱下笋，亦已长短生。
感怆正多绪，鸦鸦相唤惊。
墙上杜鹃鸟，又作思归鸣。
以彼撩乱思，吟为幽怨声。
吟罢终不寝，咚咚复铛铛。

诗中『文案床席满』四句，写案件胶着。『怅望天回转』以下，写整夜的心猿意马。末句『咚咚』为羯鼓声，『铛铛』为铜壶滴漏声。一夜思想斗争的结果是，要见薛涛。

东川与西川，即三台到成都，一百多公里。安排车马，两头摸黑，一天就可以到达。在严绶居密安排下，薛涛很快来到梓州，下榻涪城会馆。自代宗广德二年（764）以来，剑南东西川已合为一道。薛涛从成都来，仍算坐客；元稹入川办案，不管待多久，只算是行客。所以第一次见面地点，约在涪城会馆。

元稹见到了薛涛真人，她不是小鸟依人，而是硕人其颀。时值初夏，她着一领藕丝衫子，露出修长的脖颈，拉着高高的柳花裙。元稹上前躬身，唱了一个肥喏。薛涛也立起身来，叉手福了一

福。这时，一位女冠悄然而入，用余光瞟了元稹一眼。斟茶既毕，躬身退出。

两人叙齿落座，薛涛长元稹九岁，遂以姊弟相称。薛涛上位坐了，很开心，遂轻拍扶手，话语滔滔。元稹眼光却落在她那柔荑般的手上，只顾出神。薛涛便转移话题，指着墙上悬着的琴道：『这是一张雷氏琴，姐姐为你弹奏一曲如何？』元稹整了整衣裳，敛容道：『待我洗耳恭听。』薛涛于是取琴、濯手、调试，且弹且唱：

凤兮凤兮归故乡，遨游四海求其凰。
时未遇兮无所将，何悟今兮升斯堂。
有艳淑女在闺房，室迩人遐毒我肠。
何缘交颈为鸳鸯，胡颉颃兮共翱翔。

会晤时间到点。薛涛对元稹说：『吾弟远道而来，姐姐没有拜得客的东西送你，只从成都带了彩笺纸一刀，尚待改进。粗供吾弟试笔而已，用后有何建议，不吝赐教。稍后着人送西州院去。』

薛涛回访西州院，便要元稹陪游杜甫梓州草堂，元稹欣然允诺。原来杜甫来梓州，亦是依托严家，故有梓州草堂。

元稹引路，至一街边巷道，指着墙上一块木片，说马上到了。薛涛看木片上写着『杜工部草堂』。元稹有感而发，于是朗声吟诵：『（子美）盖所谓上薄风骚，下该沈宋，古傍苏李，气夺曹刘。掩颜谢之孤高，杂徐庾之流丽，尽得古今之体势，而兼人人之所独专矣。』薛涛听得愣了，说道：『子美九泉之下，亦当滴泪谢吾弟矣。』后来，此句被写入杜家后人请他撰写的《唐故工部员外郎杜君墓系铭》。

梓州草堂年久失修，两人看了，一

迸一声，感喟良久。薛涛指着山门处道：这里须立一块石碑，刻上老杜《闻官军收河南河北》才好。

元稹回访薛涛，二人相见，不复拘谨，宛然深交矣。方才坐定，元稹便告诉薛涛一个不好的消息：适得朝廷诏令，七月务东台，明日即当启程。薛涛心知元稹东川之行，触忤权贵，麻烦大了；京中又有妻小，便是后顾之忧。她也不予说破，又想今生今世，恐不易再见面了，却做出个平静的样儿，道：『弟将往矣，无以奉宁。』仍取雷氏琴，为之

鼓拂，且鼓且歌道：

流水高山自古弹，鼓琴不易听琴难。
凤凰安得麒麟合，旷世无胶续断弦。

唱至三叠时，突然跑调，遂弃琴，不复弹奏，彼此相对怃然。少顷，元稹恐打扰薛涛休息，便称要告退。薛涛止之道：『待姐姐沐浴了，送吾弟过去。』遂将外门轻轻闩住。转身进入里屋，将门带上。

元稹端坐客厅，忽听水声响起，知是沐浴伊始。少时按捺不住，起身移近窗棂。窗门微微一动，转惊作喜道：『原是未闩。』遂将窗门向上提起，帘钩挂了。只见薛涛回眸，炯炯如电，指一指隔壁，小声嘘道：『非礼勿视！』……

次日，元稹启程，从涪江上船，薛涛送至江边，更无多话。正是解缆君已遥，望君犹伫立。其时假期届满，薛涛随即踏上返程，于途中写下了《送友人》一诗：

水国蒹葭夜有霜，月寒山色共苍苍。
谁言千里自今夕？离梦杳如关塞长。

三、四句说，谁说今晚就人隔千里，我的梦魂还会追随你翻山越岭，出入关

塞。那意思就是：这段感情不会在今晚了断，要接受这样的现实，还有一段很长的心路要走，还需要一个较长的时间进行心理调整。四句似浅实深，似淡实浓，是注入了感情的。

薛涛对好友说：对于他人，尚可兵来将挡；对于元稹，本人是没有抵抗力的。我亦不用他养我。日后我这儿，他要来来往往，亦是可以的。『曾经沧海难为水，除却巫山不是云。』从此更不谈婚论嫁，一心一意地投入文创产品——薛涛笺之研发了。

唐代，雕版印刷业逐渐兴起，诗、书、画等艺术全面繁荣，对纸张的需求与日俱增。中唐的成都已是国内纸张的重要产地，然而尺寸偏大，质地偏粗，色调单一（通作黄色）。而文人作诗，常为四韵八句，裁纸凑合，浪费既大，且欠美观。当时造纸作坊的工匠，缺乏用纸的体会，故改进产品以适应市场，必须有文人的参与。但封建时代的文人，却缺乏这样的识见和兴趣。

薛涛独具只眼和慧心，赴边归来，居百花潭路浣花里，遍植绿竹（竹子是

当时最新的造纸材料）。有《酬人雨后玩竹》一诗，托物言志：

南天春雨时，那鉴雪霜姿。
众类亦云茂，虚心宁自持。
多留晋贤醉，早伴舜妃悲。
晚岁复能赏，苍苍劲节奇。

所居左邻右舍，俱是造纸作坊。她得便就进作坊，观看工人劳作，包括砍捶捆泡、铡煮浆碾、洗滤透（发）抄、揭晒及设色等工序。起初看得眼花缭乱，渐渐看得津津有味，渐渐看到心花怒放，渐渐动手揭、晒、设色，边学边问边切磋，与造纸专业户交朋友，研讨如何改进造纸技术，亲自设计纹理，改进幅尺，探索染色工艺，制为红笺，命名薛涛笺。此笺大获成功，成为成都府地方特产，作为贡品和国礼，同时大量销往长安及各地市场。当然，她也没有忘记寄赠十刀与元稹。有诗（《寄旧诗与元微之》）为证：

诗篇调态人皆有，细腻风光我独知。
月夜咏花怜暗澹，雨朝题柳为欹垂。
长教碧玉藏深处，总向红笺写自随。
老大不能收拾得，与君开似好男儿。

颈联『碧玉』指侍婢，嘱元稹把笺纸放好；『红笺』是十色笺列名第一的品种，希望微之用来写诗。尾联是玩笑的语气，说自个儿年纪大了，没得收拾，唐突了这些纸，还不如送给『好男儿』更有用处。后生韦庄作歌（《乞彩笺歌》）赞美道：

浣花溪上如花客，绿闇红藏人不识。
留得溪头瑟瑟波，泼成纸上猩猩色。
手把金刀裁彩云，有时剪破秋天碧。
不使红霓段段飞，一时驱上丹霞壁。
蜀客才多染不供，卓文醉后开无力。
孔雀衔来向日飞，翩翩压折黄金翼。
我有歌诗一千首，磨砻山岳罗星斗。
开卷长疑雷电惊，挥毫只怕龙蛇走。
班班布在时人口，满袖松花都未有。
人间无处买烟霞，须知得自神仙手。
也知价重连城璧，一纸万金犹不惜。
薛涛昨夜梦中来，殷勤劝向君边觅。

诗人自称『我有歌诗一千首』，全部要用薛涛笺书写；声称梦见了薛涛本人，面授机宜，找谁索纸云云。

薛涛笺的制作秘诀之一，是造纸用水得天独厚。《东坡志林》中说，浣花溪

水清滑异常，以沤麻楮作原料，洁白可爱。数十里外便不堪造，信水力也。薛涛制笺，为保证水质的清洁，乃专掘一井，故所制笺纸光滑紧细，亦受水性而然。

今日之薛涛井，乃明蜀王府仿薛涛法造纸笺的专用井，明代蜀王建亭其上，仿制薛涛笺以进御。清代以来，久为成都名胜景点，名气较『文君井』有过之而无不及。

李德裕镇蜀时，薛涛俨然贵妇，居鸟方，乃直录事。惟不常入幕府，除

非作为嘉宾。李德裕与之来往，相与漫步，赏酒品茗，时相唱和，今存《棠梨花和李太尉》《筹边楼》等。

筹边楼是唐时名楼，大和四年（830）十月，李德裕为筹划边事而建，不徒供登览之用。德裕任内，曾收复过被吐蕃占据的维州城，西川一带暂时安定。两年后德裕离任，边疆纠纷又起。薛涛感怀时事，遂作此诗。诗云：

平临云鸟八窗秋，壮压西川四十州。
诸将莫贪羌族马，最高层处见边头。

这首诗一、二句描写筹边楼的宏伟壮

而言外则有回顾历史，对李德裕的功绩进行充分肯定。三、四句结合时事，对当局发出警示，告诫诸将要珍惜难得的和平，不得目光短浅，贪婪掠夺，主动挑起军事矛盾。明人钟惺评：『教戒诸将，何等心眼。洪度岂直女子哉，固一代之雄也。』（《名媛诗归》）诗人在短短四句中，作宏大叙事，高谈阔论，动荡开阖，复有蕴藉，遂为中唐七绝名篇。

李德裕离开成都，段文昌再度镇蜀。这时薛涛已是成都的一张文化名片，仍居碧鸡坊，更创吟诗楼。美人资深，风韵犹存，每日里淡淡着妆，仪态依然优雅，眼里是藏不住的光芒。段文昌待薛涛殷勤有加，常到碧鸡坊问候，赞美她是一代人心中的偶像。每当薛涛觉得段府主可以离开时，便言沐浴时间到了。这种时候，段文昌总是不失礼貌，说声叨扰，便起身告退。

段文昌是撰写碑文的大手笔。其得意之作，是奉旨推倒韩愈《平淮西碑》，重写碑文。薛涛殁后，无需任何请托，段文昌主动为之撰写了一篇墓志铭文，文如夙构，亦可谓善始善终矣。那

一年，成都府最美的一只孔雀死了。两件事凑在一起，李德裕、刘禹锡都写了感伤诗，李诗已佚，刘诗（《和西川李尚书伤孔雀及薛涛之什》）如下：

玉儿已逐金环葬，翠羽先随秋草萎。
唯见芙蓉含晓露，数行红泪滴清池。

诗的首句咏薛涛，『玉儿』本是梁代女子，在与爱人分手的时候，脱金指环为别（以示必还），诗中借指薛涛香消玉殒，回不来了。第二句『翠羽』指孔雀。三、四句『芙蓉』乃成都的市花，意思是连芙蓉花也为薛涛和孔雀泣下相思的血泪。

薛涛离世前一年，惊悉元稹仙逝，即日住进青羊宫，为之素服三日。其间读到白居易《元相公挽歌词》三首，其二曰：

墓门已闭笳箫去，唯有夫人哭不休。
苍苍露草咸阳垄，此是千秋第一秋。

此诗的末句像个斗大的橄榄，让她咀嚼了好久好久。只觉得心已死、世已空，很想哭，却没有眼泪。想写一首悼念的诗，看了白居易之作，也就搁笔了。其后，元稹的名字从薛涛笺馈赠名单中

被移除。

薛涛临终时，好友守在床前。当她神志清醒时，面容安稳，眼光直视，双瞳深不见底，好友问她：假如有来世，是不是换个活法？薛涛吃力地说了仨字儿：『知足了。』好友再问，薛涛话音更加细微：『我还是愿意做一个诗性的人。』

词曰：

又是风清月白时，书传云外梦先知。绿窗惊觉细寻思。

亭合双江成锦水，桥分九眼到斜晖。芳尘一去杳难追。（周啸天《浣溪沙》）

周啸天

管领春风总不如

薛涛的传说

井梧吟

庭除一古桐，耸干入云中。（父郧句）

枝迎南北鸟，叶送往来风。（薛涛句）

鸳鸯草

绿英满香砌，两两鸳鸯小。
但娱春日长，不管秋风早。

池上双凫

双栖绿池上，朝去暮飞还。
更忆将雏日，同心莲叶间。

更憶將雛日，同心蓮葉間。
雙棲綠池上，朝去暮飛還。
池上雙鳧

风

猎蕙微风远，飘弦唳一声。
林梢明淅沥，松径夜凄清。

月

魄依钩样小，扇逐汉机团。
细影将圆质，人间几处看。

蝉

露涤清音远，风吹故叶齐。
声声似相接，各在一枝栖。

宣上人见示与诸公唱和

许厕高斋唱，涓泉定不如。

可怜谯记室，流水满禅居。

酬人雨后玩竹

南天春雨时，那鉴雪霜姿。
众类亦云茂，虚心宁自持。
多留晋贤醉，早伴舜妃悲。
晚岁复能赏，苍苍劲节奇。

浣花亭陪川主王播相公暨寮同赋早菊

西陆行终令，东篱始再阳。
绿英初濯露，金蕊半含霜。
自有兼材用，那同众草芳。
献酬樽俎外，宁有惧豺狼。

咏八十一颗

色比丹霞朝日，形如合浦圆珰。
开时九九知数，见处双双颉颃。

四友赞

磨润色先生之腹，濡藏锋都尉之头。引书媒而黯黯，入文亩以休休。

柳絮咏

二月杨花轻复微，春风摇荡惹人衣。
他家本是无情物，一向南飞又北飞。

金灯花

阑边不见蘘蘘叶，砌下惟翻艳艳丛。
细视欲将何物比？晓霞初叠赤城宫。

朱槿花

红开露脸误文君，司蒡芙蓉草绿云。
造化大都排比巧，衣裳色泽总薰薰。

忆荔枝

传闻象郡隔南荒，绛实丰肌不可忘。
近有青衣连楚水，素浆还得类琼浆。

秋泉

冷色初澄一带烟，幽声遥泻十丝弦。
长来枕上牵情思，不使愁人半夜眠。

采莲舟

风前一叶压荷蕖，解报新秋又得鱼。
兔走乌驰人语静，满溪红袂棹歌初。

菱荇沼

水荇斜牵绿藻浮，柳丝和叶卧清流。
何时得向溪头赏？旋摘菱花旋泛舟。

江边

西风忽报雁双双，人世心形两自降。
不为鱼肠有真诀，谁能夜夜立清江。

不为画图有真诀，谁能收拾出清江。

西风吹落雁双双，人声已然思自孤。

江苏

听僧吹芦管

晓蝉呜咽暮莺愁，言语殷勤十指头。

罢阅梵书聊一弄，散随金磬泥清秋。

斛石山书事

王家山水画图中，意思都卢粉墨容。

今日忽登虚境望，步摇冠翠一千峰。

西岩

凭栏却忆骑鲸客，把酒临风手自招。
细雨声中停去马，夕阳影里乱鸣蜩。

题竹郎庙

竹郎庙前多古木，夕阳沉沉山更绿。
何处江村有笛声，声声尽是迎郎曲。

海棠溪

春教风景驻仙霞，水面鱼身总带花。
人世不思灵卉异，竞将红缬染轻沙。

赠韦校书

芸香误比荆山玉，那似登科甲乙年。
淡沲鲜风将绮思，飘花散蕊媚青天。

酬辛员外折花见遗

青鸟东飞正落梅，衔花满口下瑶台。
一枝为授殷勤意？把向风前旋旋开。

酬郭简州寄柑子

霜规不让黄金色，圆质仍含御史香。何处同声情最异？临川太守谢家郎。

和郭员外题万里桥

万里桥头独越吟，知凭文字写愁心。
细侯风韵兼前事，不止为舟也作霖。

送郑眉州

雨暗眉山江水流，离人掩袂立高楼。
双旌千骑骈东陌，独有罗敷望上头。

江亭饯别

绿藻红泥物象幽，范汪兼倅李并州。
离亭急管四更后，不见车公心独愁。

送姚员外

万条江柳早秋枝，袅地翻风色未衰。
欲折尔来将赠别，莫教烟月两乡悲。

酬祝十三秀才

浩思蓝山玉彩寒，冰囊敲碎楚金盘。
诗家利器驰声久，何用春闱榜下看。

贼平后上高相公

惊看天地白荒荒，瞥见青山旧夕阳。
始信大威能照映，由来日月借生光。

续嘉陵驿诗献武相国

蜀门西更上青天，强为公歌蜀国弦。
卓氏长卿称士女，锦江玉垒献山川。

摩诃池赠萧中丞

昔以多能佐碧油，今朝同泛旧仙舟。
凄凉逝水颓波远，惟到碑前咽不流。

乡思

峨眉山下水如油，怜我心同不系舟。
何日片帆离锦浦，棹声齐唱发中流。

送卢员外

玉垒山前风雪夜，锦官城外别离魂。
信陵公子如相问，长向夷门感旧恩。

斛石山晓望寄吕侍御

曦轮初转照仙扃，旋擘烟岚上窅冥。
不得玄晖同指点，天涯苍翠漫青青。

寄词

菌阁芝楼杳霭中，霞开深见玉皇宫。
紫阳天上神仙客，称在人间立世功。

送友人

水国蒹葭夜有霜，月寒山色共苍苍。谁言千里自今夕？离梦杳如关塞长。

别李郎中

花落梧桐凤别凰，想登秦岭更凄凉。
安仁纵有诗将赋，一半音词杂悼亡。

寄张元夫

前溪独立后溪行，鹭识朱衣自不惊。
借问人间愁寂意，伯牙弦绝已无声。

上王尚书

碧玉双幢白玉郎，初辞天帝下扶桑。
手持云篆题新榜，十万人家春日长。

段相国游武担寺病不能从题寄

消瘦翻堪见令公，落花无那恨东风。

侬心犹道青春在，羞看飞蓬石镜中。

赠段校书

公子翩翩说校书，玉弓金勒紫绡裾。
玄成莫便骄名誉，文采风流定不如。

和李书记席上见赠

翩翩射策东堂秀，岂复相逢豁寸心。
借问风光为谁丽？万条丝柳翠烟深。

送扶炼师

锦浦归舟巫峡云，绿波迢递雨纷纷。
山阴妙术人传久，也说将鹅与右军。

酬文使君

延英晓拜汉恩新，五马腾骧九陌尘。
今日谢庭飞白雪，巴歌不复旧阳春。

酬李校书

才游象外身虽远，学茂区中事易闻。
自顾漳滨多病后，空瞻逸翮舞青云。

酬雍秀才贻巴峡图

千叠云峰万顷湖，白波分去绕荆吴。
感君识我枕流意，重示瞿塘峡口图。

赠苏十三中丞

洛阳陌上埋轮气，欲逐秋空击隼飞。
今日芝泥检征诏，别须台外振霜威。

酬杨供奉法师见招

远水长流洁复清，雪窗高卧与云平。
不嫌袁室无烟火，惟笑商山有姓名。

酬杜舍人

双鱼底事到侬家？扑手新诗片片霞。
唱到白蘋洲畔曲，芙蓉空老蜀江花。

酬吴使君

支公别墅接花扃，买得前山总未经。
入户剡溪云水满，高斋咫尺蹑青冥。

筹边楼

平临云鸟八窗秋，壮压西川四十州。
诸将莫贪羌族马，最高层处见边头。

棠梨花和李太尉

吴均蕙圃移嘉木，正及东溪春雨时。
日晚莺啼何所为？浅深红腻压繁枝。

和刘宾客玉蕣

琼枝的皪露珊珊，欲折如披云彩寒。
闲拂朱房何所似？缘山偏映日轮残。

江月楼

秋风仿佛吴江冷，鸥鹭参差夕阳影。
垂虹纳纳卧谯门，雉堞眈眈俯渔艇。
阳安小儿拍手笑，使君幻出江南景。

谒巫山庙

乱猿啼处访高唐，路入烟霞草木香。
山色未能忘宋玉，水声犹是哭襄王。
朝朝夜夜阳台下，为雨为云楚国亡。
惆怅庙前多少柳，春来空斗画眉长。

寄旧诗与元微之

诗篇调态人皆有，细腻风光我独知。
月夜咏花怜暗澹，雨朝题柳为欹垂。
长教碧玉藏深处，总向红笺写自随。
老大不能收拾得，与君开似好男儿。

题从生假山

宅相多能好自持，爱山攒石倚庭陲。

铜梁公阜□□□，□□□□□□□。（阙十字）

春望词四首

其一

花开不同赏，花落不同悲。
欲问相思处，花开花落时。

其二

揽草结同心，将以遗知音。
春愁正断绝，春鸟复哀吟。

其三

风花日将老，佳期犹渺渺。
不结同心人，空结同心草。

其四

那堪花满枝，翻作两相思。
玉箸垂朝镜，春风知不知？

其三

風花日將老，佳期猶渺渺。

不結同心人，空結同心草。

其四

那堪花滿枝，翻作兩相思。

玉箸垂朝鏡，春風知不知。

罚赴边有怀上韦相公二首

其一

闻道边城苦，而今到始知。
羞将门下曲，唱与陇头儿。

其二

黠虏犹违命，烽烟直北愁。
却教严遣妾，不敢向松州。

九日遇雨二首

其一

万里惊飙朔气深，江城萧索昼阴阴。
谁怜不得登山去，可惜寒芳色似金。

其二

茱萸秋节佳期阻，金菊寒花满院香。
神女欲来知有意，先令云雨暗池塘。

试新服裁制初成三首

其一

紫阳宫里赐红绡，仙雾朦胧隔海遥。
霜兔毳寒冰茧静，嫦娥笑指织星桥。

其二

九气分为九色霞，五灵仙驭五云车。
春风因过东君舍，偷样人间染百花。

其三

长裾本是上清仪，曾逐群仙把玉芝。
每到宫中歌舞会，折腰齐唱步虚词。

赋凌云寺二首

其一

闻说凌云寺里苔，风高日近绝纤埃。
横云点染芙蓉壁，似待诗人宝月来。

其二

闻说凌云寺里花，飞空绕蹬逐江斜。
有时锁得嫦娥镜，镂出瑶台五色霞。

罚赴边上韦相公二首

其一

萤在荒芜月在天，萤飞岂到月轮边。
重光万里应相照，目断云霄信不传。

其二

按辔岭头寒复寒，微风细雨彻心肝。
但得放儿归舍去，山水屏风永不看。

十离诗

㊀犬离主

出入朱门四五年，为知人意得人怜。
近缘咬着亲知客，不得红丝毯上眠。

㊁笔离手

越管宣毫始称情，红笺纸上撒花琼。
都缘用久锋头尽，不得羲之手里擎。

㈢ 马离厩

雪耳红毛浅碧蹄，追风曾到日东西。
为惊玉貌郎君坠，不得华轩更一嘶。

㈣ 鹦鹉离笼

陇西独自一孤身，飞去飞来上锦茵。
都缘出语无方便，不得笼中再唤人。

㈤燕离巢

出入朱门未忍抛，主人常爱语交交。
衔泥秽污珊瑚枕，不得梁间更垒巢。

㈥珠离掌

皎洁圆明内外通，清光似照水晶宫。
都缘一点瑕相秽，不得终宵在掌中。

㈦ 鱼离池

戏跃莲池四五秋，常摇朱尾弄纶钩。
无端摆断芙蓉朵，不得清波更一游。

㈧ 鹰离鞲

爪利如锋眼似铃，平原捉兔称高情。
无端窜向青云外，不得君王臂上擎。

⑨ 竹离亭

蓊郁新栽四五行，常将劲节负秋霜。
为缘春笋钻墙破，不得垂阴覆玉堂。

⑩ 镜离台

铸泻黄金镜始开，初生三五月徘徊。
为遭无限尘蒙蔽，不得华堂上玉台。

春郊游眺寄孙处士二首

其一

低头久立向蔷薇，爱似零陵香惹衣。
何事碧鸡孙处士，伯劳东去燕西飞。

其二

今朝纵目玩芳菲，夹缬笼裙绣地衣。
满袖满头兼手把，教人识是看花归。

上川主武相国二首

其一

落日重城夕雾收，玳筵雕俎荐诸侯。
因令朗月当庭燎，不使珠帘下玉钩。

其二

东阁移尊绮席陈，貂簪龙节更宜春。
军城画角三声歇，云幕初垂红烛新。

赠远二首

其一

芙蓉新落蜀山秋，锦字开缄到是愁。
闺阁不知戎马事，月高还上望夫楼。

其二

扰弱新蒲绿又齐，春深花落塞前溪。
知君未转秦关骑，月照千门掩袖啼。